ESCALAVRA

ESCALAVRA

MARCELINO FREIRE

1ª edição

Rio de Janeiro, 2024

*Um escalavra o outro
e se devora*m

*E sobra um osso
no solo dur*o

Max Martins

Escalavrar, esfolar, limar, arranhar, roçar, arear, polir, lixar, deixar em carne viva, roer, moer, puir

Mega, grande _lito, pedra

LAVRA

MARCELINO FREIRE

*Para ningué*m

ESCALAVRA

Romance megalítico
ou
Teatro das escavações

*Como a luta só termina quando existe um vencedor,
Iansã virou rainha da coroa de Xangô*

Canção na voz de Clara Nunes

PRIMEIRO CÍRCULO

●

*S*obre cilindros, trenós de madeira, as pedras eram arrastadas com cordas, puxadas por pessoas _animais _escavava-se uma vala comum profunda para as pedras verticais, eram toneladas de pedras verticais _uma vez na borda da cova, erguiam-se as pedras puxando cordas pela frente e empurrando com alavancas por trás _assim formava-se na antiguidade uma morada para os mortos _considerados imortais _um túmulo de pedras verticais, cobertas por outras pedras maiores _as lajes_ igualmente deslocadas sobre cilindros e colocadas no topo por meio de rampas _alguns estudiosos até hoje defendem que estes monumentos megalíticos de muitos metros de altura são obras de gigantes mitológicos _ou foram erguidos por povos extraterrestres_ invasores não humanos _ou um trabalho conjunto feito por peruanos, bolivianos, colombianos, cariocas, cearenses, egipcienses, pernambucano*s*

■

●

A missão de levantar uma história _um livro megalítico que há muito tempo tento arquitetar com palavras, umas sobre as outras _sob as outras palavras_suspensas _blocos grosseiros de rocha _uma escrita nascida nos cemitérios aéreos da palavra _a minha prosa _ literatura _quantas pessoas até hoje morreram para que eu colocasse de pé esta estrutura?

●

●

*A*o lado das inscrições rupestres existe um mesmo vento que bate na mesma pedra, há milênios, perfurante _as vozes que também gritaram por ali ainda gritam por aqui _sem fim _é preciso ouvir o gemido das folhagens _a linguagem dos estames _dos ramos _não se engane _toda oralidade vem carregada de sangu*e*

▬

●

*S*obre quem encaixota _manuseia _manobra _ este livro também é sobre quem pega no pesado _sobre quem imprime _sobre quem dobra _sobre quem refila _sobre quem costura _sobre quem corta _sobre quem empilha _sobre quem transporta _sobre quem faz este livro subir em um caminhão _é um livro sobre quem suja as mãos enquanto escrevo uma história em cima de uma outra história em cima _tudo nesta obra é carnificin*a*

—

*E*ste livro pesa 0,19 quil*o*

*A*poie quatro dedos sobre a capa e, com o polegar livre, passe rapidamente, de trás para frente, as folhas deste livro _sentirá o movimento que faz o antigo vento _sopra*r*

●

*D*izem que o livro eletrônico não pesa _ah, não pesa nadinha a obra _muito menos sopr*a*

●

—

A história _a imagem de um menino que corre _de pernas bambas uma criança pelo campo _ constrói um galope antes de construir os carros _um movimento pré-histórico _uma dança _a essas horas ela já subiu em carrocéis e carroças, olhe como trota em rodas arqueológicas _toda criança descobre por debaixo de uma pedra uma cobra, investiga com as linhas da mão as estrelas perdidas _mexe-se _com os dedos faz sombras _no sertão acha vida onde há paisagem crua _no veneno das grutas bebe, abastece de chuva ilusória o horizonte, nuvens distantes carregadas de nada _ placas tectônicas no ar _muito ar tem aquele lugar, o sol metal pesado _a criança sabe que há navios ancorados no futuro _salta as cordas correntes de mato a mato, magnética escapole com os macacos centenários atrás de fruta _a criança bem sabe que não há maçãs para pescar _o mundo muito tempo adormecido _ela ousa arriscar um caminho _sem medo atravessa um pântano estreito _nenhum sinal de lama _entra e avança onde só morcego cego entra _inventa que seus amigos são deuses de muitos reinos _a criança tem seus meios de convencer os bichos a seguir aquela trilha _para ela não seguir sozinha, coletiva-se _agrega mais parcerias à luta _jura que vencerá o mal _até o grunhido do pai chegar e ela parar de repente de brincar _ *ei diabo _ pra casa já* _antes fosse a casa um canto para morar, estar, um descanso _um tronco para se alojar _uma vida escolar _qualquer criança foge das pedras que o pensamento carrega _ela consegue escapa*r*

●

●

*N*ão é ficção _sou eu também quem morre não
morre _entre os espinhos da minha solidã*o*

▬

*D*o chão provém _é de lá de onde for que vem
a casa _a arquitetura possível _é meter as mãos
por dentro e ver o que se cata de cimento, um
jeito qualquer que nem cimento é, o de juntar
as fibras do pó da raiz dos esgotos _o que
descascar e vir nas unhas é uma casa _ falha
sísmica entre os escombros, grúmulos, coágulos,
farinha sob farinha, de um mesmo saco sem
fundo _de qual construtor? _de qual criadouro
criador? _aquele poço sem prego, um texugo
nas zonas soalheiras, o podre do perverso fim
de mundo _é ali onde moram o menino e o
pai _distante _ no deserto _ *ei* _é um menino
sem nome, ele de volta já ao interior do inferno
_como se criados fôssemos nós todos para
morrer dentro da brasa do fogo etern*o*

●

*T*enha sido ali profundamente o Oriente, uma pirâmide, o Mar Vermelho e os peixes _não se sabe _basta socar os gravetos e manejar a pá que aparecerá uma janela que se abre, talvez um quintal para um animal fuçar, um porco, uma galinha acocorar _de quando em quando não desenterram cavernas para dizer que por ali viveram os primeiros habitantes da civilização? _ei *diabo* _é desse jeito que o pai omite um som rebatido como se ouvíssemos um latido, uma vibração _*ei ei* _o pai faz só tanger _só faz mandar _e o menino, ínfimo, na cabisbaixa orientação igualmente seguida, infinita, pelos operários atrasados nos trens febris, portas de fábricas, engenhocas de moagem de gente banida do mapa, no metrô, por debaixo dos túneis as caras esturricadas do cansaço _ obedecer ao alinhamento dos rastro*s*

▬

O espinhaço da casa é um borrão de carvão na paisagem, bagaço, aragem de usina extinta _do ombro do pai encurvado pinta-se um relevo entre o chumaço de seus cabelos _planta-se qualquer nevoeiro, poeirento de muito vento, a casa é lá o esconderijo, precipício de cipó, terrícola agrícola, capim cupim e é só _e*i* _o pai repetiu e nada mais disse _entende-se que o filho intuiu, tão pequenino é o fio de comunicação entre eles, longe dos postes eletrificados das companhias de telefonia _o que se percebe ali é pelo pio, o salto de uma folha, linha de um galho magro ou pela antena de um besouro, redemoinho de um caroço que se soltou, de uma formiga migrou, rolou pelo meio do caminho _a tarefa do filho, depois de ter soerguido a ferrugem da pá, é um preá que o pai caçou e esperará o filho cozinhar _*avexe-se* _não precisa ter que dizer, avisar outra vez, precisará? _o pai faz cara de belzebu, mamute, camundongo, tatu _infelizmente não precisar*á*

●

*V*ozes teimam em bater pelas paredes enquanto escrevo _pois é _como se destampadas uma bacia de água quente, uma lata vazia de querosene, uma xícara fervente de café _nunca disse ao meu pai que o amava _o silêncio desta história que se manobra, magra, também se alastra pela minha casa, quarto, sobe escada, me espera de tocaia _a palavra calada, calcinada, sincopada ficará aqui até eu morrer _escrever é dizer outra vez o que a gente nunca conseguiu dize*r*

―

●

O menino viu, jura que viu embaixo do grande
morro o fosso de uma gruta cercada por
bétilos à boca da sepultura _a tampa pesada
tomada de grãos granitos _começou a buscar
sem nenhuma ciência, técnica _tão devagar
uma criança chega lá pelo empenho do lúdico
instrumento, não importa em qual século
estejamos _tetris, lego, xadrez, na destreza
de um game, à tela de um computador, por
exemplo, dá-se um jeito esperto de seguir
retirando rapilhos _de quem teria sido esse
corpo perdido de mulher? _com muito cuidado
para o edifício santo não ruir, o menino seguiu
destemido, destrancando o que encontrou pelo
faro do abandono _é um milagre que o vestido
tenha sido encontrado ainda florido, intacto _só
quando vai ao centro do povoado, o menino
com o pai, é que vê colares coloridos, aquela
menina que ele observa, reluzente brilho de
escapulários, dentes pingentes em pescoços
femininos, improvisados arranjos _oferendas
até hoje saqueadas em dólmens africanos,
suburbanos _a criança ainda não sabe onde
mora o perigo e arranca uma ou outra planta

do altar _por mais que arraste e arranhe e
arranhe, em pesadelo sonhe, o menino até hoje
guarda em segredo, não sabe explicar o que viu
direito, de repente quando olhou para dentro,
por inteiro sumiu a imagem, virou farelo,
em contato com a lufada de ar, a múmia da
própria mã*e*

●

●

A primeira múmia, encontrada em Jabitacá, no alto da serra, foi vista por menos de um segundo _o viajante destampou o túmulo, abriu fendas, frestas, e o ar que entrou fez tudo desintegrar _é uma arte para poucos mortos ressuscita*r*

●

Tiwanaku

*D*esde sempre alguém escreveu, está escrito
_não há nada novo, exceto o que foi esquecid*o*

*U*m livro _uma entrada pela Porta do Sol
de Tiwanak*u*

*M*ãe, eu tô com muita fome _tu nunca sentiu fome, menin*o*

●

*A*gora é recolher o braço, dar a última pincelada de enxada no motim do tudo-nada e ir, *ó*, em direção ao sumo simulacro da casa, à carne de um preá morto, resultado do esforço humano, o bem santificado e necessário _para quê que é um filho vivo se o prato à mesa de tampo de pedra é só isto, um preá? _antes um bicho abatido do que um filho vivo para criar _a casa por dentro é um intestino _onde vive o destino está repousado o prato ensanguentado perto do carvão perpétuo _cadê a codorniz, a galinhola morta? _rãs não há nos amanhãs _o pai sente a recompensa de ter feito como deve ser feito, o crime não pesa quando não se pensa _é preciso muita paciência até o preá bater com as patas nas armadilhas objetivas da noite *_ei ei* _como se dissesse, como se diz hoje em dia, olha o que eu pesquei, o que comprei no supermercado da esquina, olha aquele comercial de hambúrguer na televisão, vê, quantos quilos custa a carne morta que se compartilha todo dia? _o pai exibe a imagem da caça, porque já diz tudo a carcaça posta, não tem o que se discursar mais, logo ele, o pai, que não vai

cansar os calos da língua à míngua _prefere
não falar _da mesma maneira que ninguém
quer ouvir a voz dos maquinadores rurais, dos
catadores de vidro, dos carvoeiros apocalípticos,
dos marteladores de castanha, dos apanhadores
de sopas de cebolas beneficentes _*ei* _o filho
retira o preá do inferno em que está _ao redor
de brasas alucinógenas _parece coisa de cinema
a partilha generosa que é ver, assistir, flagrar
cavernosamente o pai quebrar e mastigar os
fragmentos _alicerces do pre*á*

●

Pensei que adiantaria esconder da memória, longe desta pré-história, o dia em que, sem ter mais o que fazer, procurando entre as gavetas moedas guardadas pelos vestidos, os bolsos furados de vazio, nenhum centavo tilintava _a minha mãe foi ao quintal, pegou um cabo de vassoura e aguardou para matar, a sangue frio, a primeira pomba voadora que eu comi _no prato montado com as asas da miséria e um amontoado de arroz _em pé, ao lado, bandida combalida, minha mãe dizia enterrando a tristeza _*beleza não põe ovo na mesa _come que tá bom _ pior a fome _ já era* _em todo o passado a mesma guerra _pomba branca é pomba boa assada _*e olhe, meu filho _prest*a

*E*screver à mão, redrar os peixes se houver, nadar, expurgar os venenos, segurar os pensamentos mesquinhos, soltar os pássaros, os espinhos, tocar a terra do sol a pino, os cardumes para que floresçam, contar o tempo que falta até o abandono, esperar estalando os dedos, suar, separar as pétalas do algodão, fechar os olhos se abrir demais o coração morrer de amor, receber uma mortalha paraca se assim merecer, deixar fluir, acenar, jogar as cartas do tempo no bosque seco, nas cistas, ler as inscrições nos murais das rochas, os vitrais das conchas, os rastros das cobras, malacatifas postas para secar, ficar e esperar, atirar pedras certeiras, pelo toque da pele lembrar de que o fogo queima, as lagartas voadoras, agarrar a enxada gasta, bainha de arame enrolado no cabo das tormentas, as agulhas, as cestarias, bumerangues, sangue e mais sangue, a areia colorida dos pueblo*s*

●

O povo de Albuquerque Né, o povo de Sairé,
o povo da Maré, o povo de Carnaubeira, de
Floresta, Petrolândia, o povo de Sertânia, Mogi
Guaçu, o povo de Mulungu, Dois Unidos,
Ibura, Ibimirim, Xingu, o povo do Cafundó,
Xingó, Moxotó, o povo de Piraporinha,
Cachoeirinha, Capão, o povo do Vale do
Catimbau, Bendegó, bairro do Limão, Pajeú, o
povo de Diadema, do Pé do Morro, de Jurema,
Iucatã, o povo de Ponta Porã, o povo todo la
yema de um povo só, Manhattan

—

■

*F*az o pai e faz o filho o que ninguém quer
fazer, não para por aí o serviço _de montar
tijolo nas paredes da fossa quando quebra,
a engrenagem do fluxo dos estercos, levar o
adubo nas costas erguido para alimentar os
bichos da terra de muita bosta, os chorumes do
lixo que descem pelos cotovelos, restaurar covas
caseiras para o sossego dos mortos _é verdade
que mesmo depois de enterrados crescem nos
corpos-defuntos unhas e cabelos?
_faz o pai e faz o filho o rejunte de pisos nunca
vistos, por eles lustrosos de tão vermelhos
_quando se tem dinheiro o proprietário quer
assentar com banha de cera a sala de visita,
dar brilho na beirada das telhas _para quem
mexe com palhas, folhas de cipós de parcas
bananeiras, não é mistério subir no topo das
cumieiras sem medo de morcegos que dormem
de cabeça revirada e cagam tanta sujeira
_dinheiro pago em centavos, moedas poucas
para tantos remendos nos quintais alheios _por
mais que ali nos quilômetros da cidadela não
haja ricos quintais, enxovais, estâncias minerais,
sempre tem alguém que tem mais grau de

condições, agricultores de serragem, mirrados
fazendeiros, cabeças de algum gado no pasto
irrigado com caminhões particulares de água
_sem contar os maquinários que têm chegado
para roubar ventania _e há ainda as caixas do
professor _é preciso saber do que se trata o
tanto de caixa _o pai não gosta nadinha do
professor e não gosta de livros, nunca gostou _o
tanto de livro que muito pesa espera por eles
_amontoados compêndios, dicionários, volumes
ilustrados, romances em cordel _será mais
de uma tonelada de papel no lombo do filho
analfabeto e no lombo do pai carrega*dor*

●

E*i diabo* _o pai aponta o queixo levantado
para o rumo da estrada e o filho já sabe que
logo mais, no começo da tarde, tem de calçar a
sandália de couro no contato com o osso até o
fim da dura caminhada, sem nenhuma palavra
a pé, o pai e o filho sempre prontos para o que
não der _e para o que não vie*r*

*D*epois de tantas léguas, aqui e ali uma
sombra de pássaro, no céu um barulho de
estilhaços do passado, aquela explosão que até
hoje reverbera pedaços de pernas, botinas de
soldados expulsas no ar, as guerras mais antigas
ainda podemos escutar pelo caminho, árduo
caminho até chegar ao miolo da crosta, bate
mais sol nos silicatos de alumínio _o menino
gosta da novidade que é a cidadela, embora
ela já tenha começado a perder o cheiro que
ele guarda da casca de aroeira mansa, da brisa
quando descansa da viagem que faz e ela, a
brisa, senta refém para apreciar a cantoria
da água que se retém embaixo da raiz do
umbuzeiro, um chuveiro subterrâneo _qual
o serviço de agora, qual será o encargo sub-
humano? _porque os dois retirantes, pai e filho,
não têm tempo nem de parar para acompanhar
o grande parque eólico se expandir, a cidadela
virou uma promessa de progresso _*vejam ali*
_foram adquiridas mais terras, mais hélices
para os aerogeradores, os doutores de capacetes
calculando os números a céu aberto _quanto
mais gente de fora por perto, mais trabalho para

os músculos ferros _*ei bora avexe-se* _o endereço do patrão que o chamou é mais adiante, um ou outro passante cumprimenta sem desprezo os visitantes _não tem quem não conheça as duas verdadeiras pedreiras-criaturas que são o homem de machado na mão e esse menino, merecedor de nosso apreço, tão esforçado, crescerá ainda mais, ficará da altura daquelas enormes torres de vento _sabe como ninguém sabe sobre o sistema gerador do movimento dos beija-flores, beija-morcego*s*

∎

O pai na companhia do filho chega à casa do fiscal de obras, uma casa com porta para bater, sineta para tocar e esperar debaixo do calor, lá dentro tem aparelho de ventilador para refrescar e uma água que vem em copo que depois joga-se fora _o pai leva o copo embora, não descarta qualquer sobra de plástico, garrafa de coca-cola _*olha quem está de chegada* _e o fiscal de obras bate nas costas do pai, se espanta com o tamanho do filho _*varapau* _*perdeu a mãe muito cedo, coitado, um dia era menino, hoje um combatente, cavaleiro valente, medieval* _arregimentado, o pai espera o patrão oferecer uma cadeira _de longe enxerga a geladeira que deixa a vida mais fácil, a luz elétrica e agora aquele futuro energético a olhos vistos _*viu os bons ventos que sopram?* _*e tem gente que não concorda, defende a liberdade dos besouros, ora, bosta, ô, tranqueira, raça de gente ruim que vem ao mundo só para reclamar, arruaçar, tirar o que é nosso, o nosso roçado* _o menino emburra toda vez que vai ao palácio do chefe promulgador, bate um cansaço, daqui a pouco a mesma conversa de futebol _*gosta de jogar esse potranco,* *pivete? _está ficando de maior com as pernas tortas _ei ei _torce por qual time? _eu vou te comprar uma bola _ei ei _no* arranco, enrola a língua, bufa um discurso infindável de político que gosta de falar bonito, de dar conselho, um alerta, um aviso _*tenho uma notícia boa, aquele professor finalmente, desta vez morreu, num pó de giz desapareceu, se apagou* _e volta a bater nas costas do pai, procura a cabeça do filho para ciscar feito um papa, um padre, um sacerdote costuma ciscar as mãos por cima e o menino, já posto na janela, avista a menina que outro dia viu passar, sem coragem pobre de olhar, baixou o olho _a imagem ficou tremida, arrepiou _*não dê confiança para essa garota, qualquer hora vai se perder, ela e a avó dela, uma trepeça, nenhuma presta* _o fiscal de obras explica que na casa que o professor abandonou, foi reparar _*um chão que afundou, uma parede caída precisa ajeitar e não para de chegar livro apreendido, vai tudo então para lá* _segundo ele um presídio de palavras perigosas, algumas páginas é preciso queimar, talvez guardar, muita coisa jogar fora, será feita uma varredura fina _*eu passarei um olho ligeiro* _*preciso conversar uma coisinha com seu pai, por que seu filho não vai um pouco para a rua, sai para admirar as engenhocas de nossa* *energia limpa? _quem se diz revolucionário não enxerga essa verdadeira evolução eólica, ecológica _nada está bom para essa tropa de beneficiado do governo _daqui a dois anos o nosso povoado vai se tornar independente, vai ter um prefeito _vou lançar minha candidatura a favor da pátria e do meio ambiente, a grande luta será contra qualquer futuro comunista dirigent*e

●

*M*eio a meio ambien*te*

●

*A*s turbinas eólicas, comedoras de gavião, de fato são de impressionar _ já eram quase dez, um, dois, seis os dedos da mão do menino pensando, arquitetando guardar desde já, em caixas secretas, o pulmão das cavernas, ir ao topo da rocha gritar feito um beduíno faz para espalhar a voz no deserto, a respiração que de repente parou quando a menina que ele avistou dele chegou-se mais per*to*

●

Todo cinema é mudo

●

_*Tudo bem? _como você se chama?* _a voz sumiu do corpo do menino _sem oxigênio _para onde iriam as pernas sem andar? _nem correndo, como ele corria, faltaria tanto ar

●

●

*E*sfoliada a rede ziguezagueia pendurada entre as varas improvisadas _o pai de olhos cerrados recorda da mulher debruçada sobre o filho pequeno, minguado o peito leitoso, doído, empedrado de areia, do chão uma formiga também queria o alimento da mãe, qualquer gota que se soltasse sobre o trisco de piso_uma manhã longa que não amanhece tão cedo _esse sol que está do outro lado do mundo em outras despedidas _a asa de um escorpião que se agita _o ferrão de uma lagartixa _as próprias patas que o homem cisca para poder esquecer de doer _remoer, remoer, remoer _ essa culpa eterna _o melhor é socar para dentro das pernas o esquecimento _ a morte da mulher até o fim da vida continuará sendo _para lá e para cá _uma ferida viva de arrependiment*o*

●

*T*oda leitura é silencios*a*

●

*E*ram os livros de cera amarela ou preta,
tiras finas, caules de folhas vegetais, os livros
vivos animais, de osso, argila, lidos de trás
para frente, nos templos bravios, omoplatas
de carneiros, cacos, cascos, cerâmicas, todas
as matemáticas babilônicas, forquilhas,
livros tijolos arenosos nas margens do Nilo,
papiros, pergaminhos, o papel sagrado, os
traços severos e rígidos, rugas onde estão
os rabiscos da vida, passada e futura, livros
são árvores dormindo, parecem pássaros nos
ninhos botando ovos _aqui e ali, longe dos
olhos do pai e do fiscal de obras, o menino via
imagens fantasmagóricas, misteriosamente já
suas conhecidas _eram aquelas figuras do gibi,
dinossauros, por exemplo, mandalas, bússolas
astrológicas, as cordilheiras, correntezas,
tudo junto e reunido _o filho salvo da morte,
do fim, se soubesse ler leria com o mesmo
interesse que ele lê se a faísca vai ou não vai
acender _quando chegou e a porta da casa do
professor se abriu, nunca reparou na coluna
alta, a biblioteca era a mesma formação das
rochas postas umas sobre as outras _*ei ei* _não

era para mexer nessas pilhas de livros _uma coleção subversiva haveria de guardar algum poder _o pensamento do menino precisava entender o que existia no mundo desconhecido, sobretudo, mais uma vez, quando olhou de relance a menina sozinha lá adiante aparecer _*qual o seu nome, como se chama?* _*ei ei* _o que responder se ela vier perguntar de novo? _quando conseguirá dizer que ele tem pouca palavra, que não é ninguém? _nas estantes, na sala, sobre as estantes da sala o silêncio dos livros, então era ele um livro fechado também _o fiscal de obras voltou a explicar que lá na parte de trás, aos fundos da casa, em um cubículo, uma parede precisava ser reerguida, um buraco que se fez no meio afundou o assoalho, é só dar um jeito de aquilo voltar a ser um depósito, seja o que aquilo tenha sido um dia _*e atenção, nada de tirar do lugar esses escritos perigosos* _e o menino, triunfante, pensando para si, com a chave da biblioteca já guardada na mão, o meu lugar é aqui _um chão que se junta a outro chão _a avalanche que está por vi*r*

●

O homem ajoelhado lá embaixo é o pai que
o filho vê distante, dobrado, diferente de
um pai calado _parecia um pai morto, de
olho bem fechado não viu ao alto, entre as
folhagens selvagens, o menino se mexer _então
o pai conhece aquele terreno bruto? _a gruta
cheia de ornamentos que algum viajante
pôs de pé no tempo? _o pai sabe bem mais
acerca dos fantasmas da fé, das sombras que
se enterram por debaixo das peles, os ossos
funéreos _por que se morre? _o filho ficou
na surdina enxertado como coube, em um
espaço moliço, escorregadio, onde se esconde
um ou outro lagarto pegajoso que solta pelo
rabo uma pequenina cinza, restinga de vulcão
_vai ver que foi um lagarto desse que fez no
túmulo tamanha violação _o pai estava ali para
continuar consertando o estrago _levantou
a cabeça, farejador, será que enxergou? _gato
sagrado tem raposa no olho _doído, soltou para
o alto um gemido bravo _da mesma maneira
que apareceu, o menino se escafedeu antes que
acontecesse algo pior, uma brutalidade maior,
o pai continuando a bater sem parar no jazigo

a própria cabeça até tirar sangue da cabeça _*ei diabo* _diria o pai, se soubesse dizer, *fique no seu canto, estique de tamanho, cresça e desapareça, nunca se meta com a devastação alhe*ia

∎

●

Quando você morrer de amor por mim eu te
faço uma morada, uma muralha de adobe e
pedra, vidro, azulejo, faço um terraço artificial
com muitas colunas, seixos, urnas cheias de
taças, contas de âmbar, vinhos em garrafas,
adagas, facas, lâminas de nossa guerra conjugal
_quando você morrer de amor por mim ergo
uma cabeça de touro de cerâmica, adorno
teu cabelo com fios de ouro para a luz bater,
amanhã no futuro amanhecer, um outro sol que
se abriu só para você, um trono de alabastro,
tudo decorado para o seu descanso final,
imortal, pode crer, amar assim será viver

●

O menino não se continha, é como se os livros fossem enfeitiçados, hipnotizadores, por ele chamasse alguma voz do céu, do inferno, para que chegasse mais perto _*ei ei* _*sai de junto* _o menino se afastava e o pai seguia para o pequeno quadrado, quarto, quase um chiqueiro apertado, jogava umas massas sobre outras massas, pregava tijolo, o rosto marcado por um ferimento _para quem perguntasse, respondia que foi descuido, justo caçando preá no mato, um tombo, escorregou entre os troncos _nos livros também a gente parece escorregar pelas gravuras, diabruras que o filho via, dava susto olhar os tantos mundos que o mundo tem, os desenhos entram na nossa cabeça e correm lá dentro de nosso juízo, numerosos, infinitos precipícios _o que seria aquilo, aquela figura? _o menino folheia, olha _nada a ver com as torres gigantes _depois descobriria que eram moinhos de vento _Dom Quixote, em sua aventura, enfrentava enormes dragões violentos _hélices do progresso são bichos exterminadores de sonhos _vampiros _quando conseguisse acrescentar ao seu saber mais saberes, o que aconteceria com a sua alma? _quem poderia explicar a esperança que sentiu quando ele viu a menina chegar outra vez mais perto, abrir a porta da biblioteca devagar e ficar ao seu lado em uma aliança de afeto? _era ela, sim, era ela entre as páginas, não era imaginação _a menina apontou o olhar para a fotografia do professor de quepe na cabeça, em um porta-retrato em cima da mesa _*por que será que ele sumiu? _para onde teria ido? _sabia que foi ele quem me ensinou a ler?* _e fez questão de bendizer _*minha avó me ensinou a saber, o professor me ensinou a ler _quer que eu leia para você? _ler? _eu vou te ensinar a ler, quer? _ei ei* _o pai resmungou, gesticulou do terreiro _que ruído era aquele na sala? _nada de trocar conversa sem sentido com nenhum maldito livro _tá me ouvindo? _*ei diabo?* _*o que é que seu pai faz lá atrás?* _a menina foi cavoucar _o menino foi com ela _o pai quando viu virou uma fera, a cara parecia cimentada _é proibido outra pessoa dentro da casa _ouriçou a mão, e a menina não saiu do lugar _bem que o fiscal avisou, essa mocinha não é flor que se cheire, filha do cão _*fora fora _o professor que mandou o senhor fazer essa obra?* _o pai nem deu ouvido, a menina encarou o bicho de novo _*onde anda o professor?* _o pai bufou alguma coisa, tipo

não é da sua conta, e foi caminhando com a
menina para o buraco da rua por onde ela saiu
_antes, piscou para o menino que, sem saber o
que fazer, confuso, alheio, cúmplice no susto,
também piscou, vazi*o*

●

O rapaz que se matou não era um trabalhador
da companhia eólica _não foi ele um gerador
nas trevas _não fez funcionar um candeeiro
moderno para tanta gente que precisa iluminar
um abajur _ó glória _para apagar as estrelas
vistas da janela, não era ele quem acenderia
os postes de luz _então o que Jesus, o rapaz,
estava fazendo lá em cima pendurado? _dele
a companhia havia comprado, por alguns
trocados, aqueles quilômetros de gleba a perder
de vista onde instalaram as hélices climáticas _*o
que ele quer agora? _o dinheiro de volta não tem
mais regresso* _na hora de dormir não dorme,
tão aceso fica aos berros, arrependido, ou talvez,
com saudade de um amor, ficou pendido,
balançando no motor desligado _*dizem que
é meio doido, estava sofrendo de paixão, gastou
toda a indenização, foi isso* _daí não se sabe
como escalou o monstruoso maquinário feito
quem monta no lombo de um dragão drogado,
caiu ou se jogou no chão, em voo cego para a
escuridão _*o desgraçado*

Preste atenção nas forças invisíveis de uma história, o professor ensina _*tudo que está dito, escrito, tem camadas insuspeitas* _a menina nem imaginava que tinha ela tanta palavra, ela que morava com a sua avó só _*ouça a sua avó, sempre* _*a terra é velha* _a menina achava profundo, tão bonito o que estava conhecendo por dentro daquilo que já conhecia a fundo _e voltava toda vez à casa do professor _foi afiando a postura, soube de literatura, o valor da cultura, agricultura caseira, quanta riqueza _quando chegaram os engenheiros por aquelas bandas, a saber, o professor questionou, também falou para ela sobre outros inventos, contou sobre o cavaleiro andante, sobre mulheres viajantes sul-americanas _não é de hoje que o professor vive cercado de operário no roçado, a tudo exclama, chama de sabedoria do povo, tijolo não é só um tijolo, é a valorização do trabalho _sobre a empresa eólica foi o primeiro a espalhar históricos, desconfiar de números salvadores, sistemas provedores, jamais confiar em balelas, futuras promessas de paraíso _*o que se apreende, tanto*

*você comigo, eu com você, por mais que queiram
matar, nunca irá morrer*

∎

*M*ais um livro sobre pobreza _um livro sobre tristeza _sobre a miséria mais uma obra sertaneja _não já acabou a fome? _ora _é coisa de antigamente tanta paisagem seca _onde anda a esperança? _cheg*a*

*U*m livro uma lata d'água na cabe*a*

●

O pai, pedreiro, já estava no acabamento, fechando as últimas arestas de ar, socando como se estivesse enterrando um animal grande, caçado pelo cheiro, tivesse enforcado um camaleão-da--caatinga _faltava também passar alguma tinta, dar um tempero de cor no reboco da parede _o fiscal de obras apareceu apressado, dizendo que havia outro serviço para fazer, o pai pegasse o filho e fossem ver um trabalhador que se largou lá de cima da turbina, _*um condenado, cometeu um suicídio, covarde* _antes de completar a frase, o fiscal de obras lembrou, mas já tinha falado, falou da moça, a mocinha _*a sua mulher* _*como a morte a levou, que desgraça* _e perguntou, para consertar o mal-estar _*esse chão, essa parede falta pouco para terminar, não é?* _o filho ouviu apavorado _o ruído da notícia lá de fora já tinha passado pela biblioteca, no instante em que o menino, recolhido, via escondido as fotografias de corpos negros pendurados nas árvores de álamo, gigantes olhos esbugalhados, a boca retorcida, colheita estranha e amarga _o fiscal de obras logo fechou a cara _*e este livro, aquele outro livro, mais* *esse livro, nenhum é para ser folheado pelo seu filho, por favor, não vou avisar de novo, você mais do que eu sabe, esse professor era um criminoso, esse rapaz que acabou de fazer tamanha besteira com certeza foi cria dele, vamos, que já está ficando tarde, bora embora* _e foram _o patrão, o negro pedreiro _e o filho atrás se encheu de coragem _depois de vistas as fotografias, prometeu, sem nenhum medo, perguntar logo mais ao pai sobre a morte da mãe, na hora em que eles se deitam, quando a noite sobre a noite ca*i*

●

▌

A minha avó se chamava Maroca, puxava a bacia cheia de rolo de tabaco para o fundo do casebre, sentada, parada, inerte, com a paciência de uma assassina, raspava a corda de fumo, picava com o canivete, socava os dedos espertos no fim do cachimbo, no limbo, baforava em cima de mim, ao seu lado _ *meu neto, fumar é mandar as cinzas do passado de volta para o inferno*

●

*E*ste infern*o*

Antes de sair, o fiscal de obras reparou outra vez na fotografia do professor, emoldurada, jovem ao lado dos livros, batia reflexo da luz no vidro, cuspia dos olhos uma energia de arrepiar _será que esse fantasma, miragem, não morreu? _o fiscal voltou lá e recolheu o porta--retrato, virou a imagem para baixo, o menino lembra de ter encontrado uma vez, um dia, o professor pela rua _seu pai o puxou para o outro lado, desviou _o professor tinha barba e, na imagem fotografada, sorria segurando um charuto, que, para o menino, era um cigarro grosso, uma lagarta de fogo enrolada entre os dedos sem o fogo aceso _um alvoroço todo mundo rodeando o que sobrou do corpo pobre de Jesus, o moço um poço sob um pano roto, já haviam coberto o charco de sangue _*até vir um doutor, terá anoitecido _alguém trate de avisar à família _ele não tem família _por aqui, nesse deserto, não é nada perto _que inferno* _daí ter vindo o filho e ter vindo o pai que, nesse assunto, todo mundo sabe, é zeloso, correto _cachorro caído, burro combalido, sempre trata de transportar, mesmo que doa em algum lugar

dentro do pai, o que não pode é o defunto
ficar na frente do parque das torres por muito
tempo _*por favor, minha gente, sai de cima da
carniça, é hora de entrar um ar* _nas mãos do
pai já foi colocada uma pá, a engrenagem não
poderia parar _no alto, imponentes, veem-se
os motores das máquinas de ventilar _*a essa
criatura Deus dê no céu conforto, vai virar alma
penada, pode apostar* _o que restou do corpo
começou a andar com a ajuda de um ou outro
transportador, trabalhador _o fiscal de obras,
fingidor, pediu que a fotografia do professor
pudesse acompanhar os restos mortais do rapaz
_*que descansem em paz* _e, baixinho, no ouvido
de alguém, bufou _*descansem em paz Jesus e o
professor, do ladinho do Sataná*s

●

Não é nada disso a educação, se depender desse livro de pedagogia estamos todos perdidos, perdida estará a nação, as crianças na ignorância _no lixo, pode colocar naquele lixo _na lata esse aqui também sobre espíritos da mata _o que mais tem nesse país é terra, não é floresta, haja alienação _e o fiscal de obras seguiu a tarde fiscalizando, colocando entulhadas as obras que ele não queria salvaguardar _ordens superiores chegavam para ele catalogar o acervo, parece que tem livro que pode render muito dinheiro _não entendo como alguns livros ganham tanto valor, só a bíblia para mim é ouro, o livro de Nosso Senhor _o povo quilombola, suas lutas, suas histórias, esse também a gente joga fora, não vale um centavo _olhava torto _e esse, uma pele pelo avesso, é pornográfico, escroto _a mesma coisa _esse de mil páginas uma mulher que escreveu, uma louca _se tivesse dedicado esse tempo todo para cuidar da criação de um filho o mundo estaria a salvo, o que será que aconteceu com a humanidade? _direitos humanos, feminismo, igualdade, vamos fazer sumir no fundo daquela caixa _entendeu agora por que esse professor era perigoso, criminoso? _um comunista _separou

*toda uma estante para a poesia _não se salvará
nenhuma _você é que faz bem, garoto, ser silencioso,
não levar nada a sério _seu pai também quer
distância desse alfabeto _um dia ele te conta a
maldição que sofreu _para que encucar certas coisas,
matutar demais, começar a se rebelar por qualquer
motivo? _a salvação vem para quem sabe obedecer
e calar, esteja certo _deixe que a boa política
cuida do que tem que cuidar, dos mais humildes,
preservar a população, orientar para que ninguém
perca o juízo, controlar o que deve chegar na sua
mão _cuidado, meu garoto, só mexa nesses livros se
for para enterrar, encaixotar sob a autorização de
seu pai _sob a minha autorização*

●

*Esses seus meninos não vão dar pra gente,
dona Carminha* _era o nome da minha
mãe _ser gente é ser advogado, engenheiro,
médico, nunca um poeta, um poeta não
é gente _eu quis ser um poeta _*o que será
dessa criança, Meu Deus?* _se o último poeta
vivo sobre a terra já morre*u*

A próxima revolução também será poética

*M*eu nome completo é Marcelino Juvêncio Freire, nascido em 1967 em Sertânia, Sertão de Pernambuco _uma das nove crias do casal Antônio e Mari*a*

A estrada tem pensamento, pelas beiradas o zunido da mata falha não falha, as asas da coruja, a noite quase chegando sobre o pai e o filho caminhando, o atrito do chinelo nos dedos feridos, de unhas sujas _*pai* _o filho chamou, fez um esforço para ser apenas um outro ruído, mas veio a voz tão fundo profundo que o pai parou, se assustou, verificou se havia sido, de fato, o filho calado quem falou _será que ele foi por acaso, de repente atacado por um bicho roedor medonho? _*eia* _o filho parou a caminhada, o pai olhou por detrás, no céu ficando escuro, caído demais por cima deles _*aqui eu* _*ei ei* _e disse peste, disse cão, disse mais, desdisse no revés, voltou a olhar pela estrada, cada chão tem a medida de nossos pés _*ô pai eu*_o filho resolveu que não ia prolongar, continuar a caminhar pesado com o que estava carregando, copos, enxada, chaves, facão, ferro, outros ossos junto aos dele, destroços de parede e uma ferroada bem no meio do peito, desde que saíram, já na metade do caminho, o pai tinha de ouvir sua palavra _*é sobre mãe* _*diabo o que foi?* _de quando em quando o pai ouve o filho em murmúrio bodejando ou, até, em algum sonho uma aventura, testemunha o filho fazer correr pela garganta um rato, fala tão alto à noite que o pai, às vezes, precisa chicotear no ar para ver se o menino muda de trotar e se põe a dormir direito _dessa vez era algo sério _a palavra mãe _faz tanto muitíssimo tempo que esse nome não vem entre os códigos, ciscos de uma conversa, no meio de uma reza, de um pedido qualquer em uma língua do além_*que é que é que é que tem? _ela pulou do alto? _como, o que, diabo? _mãe morreu de que jeito?* _daí o pai virou-se mas continuou parado virou-se mas continuou parado virou-se mas continuou parado *_do jeito que foi foi* _e apontou com a ferramenta que eles se fossem para frente, chutou o rastro de pó e o pó respondeu _morreu tá morrido *_bicho _pai _ei _pai _ei peste condenado tua mãe morreu de uma queda* _digamos que o pai tenha dito assim, sem dizer, acabou que conseguiu resolver o converseiro em pouquíssimas lufadas _do jeito que gritava para o alto do céu àquele dia lá na gruta funerária_sem mais, seguiram por umas léguas tão aéreas, nenhum pio, como se agora pastassem em Marte, em alguma paisagem mais venenosa, a de Plutão _o Planeta Anão via os dois caminharem, até que o filho se encorajou, possuído de tremor e couraça, averiguou _*caveira é dela no morro da ribanceira?* _o pai parou e a terra também ficou um chumbo, ganhou um inimigo _foi isso _então havia sido o filho que violou mais de uma vez o descanso derradeiro de sua mulher? _o pai levantou o machado e o machado ficou mais pesado do que era _começaria ali entre eles dois uma terceira grande guerr*a*

O menino esperou o sol renascer, bater na ferida
da perna _estava enrolada em um pano, saco
de estopa, a unha pendurada, não era de lá que
vinha o rasgo maior, aquela dor na mão, na cara,
o nariz já havia parado de sangrar, o pulmão pela
boca cariada, não teve coragem de bater à porta,
voltaria outra hora à casa da menina _foi até a
biblioteca do professor e se lavou de leve, apenas
para que retornasse o fôlego, raspou a sujeira da
roupa, a roupa virou um fiapo, arrastado pelo pai
até um passo de rolar de uma pedra alta, desistiu
que o filho caísse na profundeza da ribanceira _o
pai recuou, o menino correu como pôde _nunca
imaginou tanto ódio por causa de uma dúvida,
de uma pergunta pouca _poderia ter tido ele,
o pobre filho, a cabeça pendurada no alto dos
galhos de álamo, ou à semelhança do moço Jesus
despencando sem aviso da torre sustentável
_esperou, esperou _os livros curavam _curativos _
foi outra vez, com cuidado, perto de onde morava
a menina _ela estava demorando _quando quase
desistia, a viu ao lado da avó encurvar-se, vindas
não se sabe de qual esquina _ele a chamou _*ei
ei* _ora, não é assim que se chama uma pessoa _*oi*

oi _a menina olhou e olhou, o menino tinha uma espécie de risco escalavrado que machucou o que era bonito em seu rosto, um certo vapor, uma respiração algo abstrato, difícil de traduzir na urgência que se quer _a avó chamou para benzer, molharia os machucados com alhos mastigados _ele tentou dizer muito obrigado _só queria que a menina viesse com ele à casa do professor, aquela dor passaria, logo passaria, a avó seguiu sozinha _prepararia, mesmo se ele não quisesse, uma erva, uma prece, um chá de folha verdinha _o menino tinha a chave guardada da casa, ainda era cedo, ele e a menina, os dois abrindo espaço entre as arestas, às pressas, o miolo do povoado um terreno baldio, muita gente ainda dormia _entrou _a menina procurava qualquer sinal do professor _disse que a casa ficou um tempo fechada _não tem sentido o fiscal de obras tomar conta dela _*morreu* _*morreu* _*o professor* _o menino falou, a menina não acreditou _antes que ela desmoronasse, ele levou a menina até umas caixas separadas do resto de outras caixas, sem saber dizer as feridas do menino disseram _*ler* _*careço de aprender*_*eu me chamo Dago... Dagoberto* _*e seu nome é o quê?*

●

●

*M*eu pai, mais uma pedra aberta pela
memória, passava meia hora mastigando alhos,
formando uma pasta, uma gosma de fungos
que ele colocava sobre as minhas feridas,
furúnculos, tumor _*essa dor logo passa* _um
gesto milagroso de amo*r*

∎

Muito mais do que frases, orações

*E*u escrevia cartas para dizer como eu estava, se havia encontrado emprego em São Paulo e aproveitava para citar, entre as linhas, uma poesia, emocionar quem leria para minha mãe, pai, toda a família escutar _envelopava as palavras, ia aos correios e passava os dias pensando na emoção quando a carta fosse aberta e derramada sobre a sala da casa a minha prosa, crônica, correspondência poética _depois eu telefonava no domingo para saber se a carta chegou *_ah, chegou, sim, a gente não leu até o fim, ninguém entende o que você escreve _a sua letra, Deus me livre, meu filho, é muito rui*m

ÚLTIMO CÍRCULO

●

A arquitetura megalítica impõe, direciona, traça o caminho _ela quem orienta o indivíduo _arquitetura que dita os movimentos _que afeta os sentidos de quem chega _as pedras dirão como ali o corpo se firma e se dobra _o ato de entrar em uma câmera interna é uma atividade corporal _é necessário agachar-se para ir ao longo do corredor _ou acocorar-se para acessar a câmara funerária _a falta de luz natural, o uso das mãos para se guiar através da passagem _para sentir, pelo tato, o traçado do que está nas paredes e nos tetos esculpido, veja _foi tudo pensado, prensado, tecnicamente estruturado para exigir humildade quando se entra ou se invade a morada sagrada, passo a passo _tudo ainda sob o completo domínio de nossos antepassados _crei*a*

●

■

O professor anda devagar com uma algarafa, cabaceira, bebe água pelo caminho áspero, sabe que é íngreme a escalada pelos ossos da estrada, falta uma légua e meia _chega _bate-se à entrada da casa que está aberta, até porque não fecha _a porta provável tem apenas uns triscados de vigas e um pano amarronzado sacudido pelo vento _*ô de casa* _e pensa que não existe a casa, muito menos ninguém lá dentro _existe, sim, e chega _é o pai que ainda não era pai e tinha um outro rosto, não por ser mais novo, mas porque ainda não havia recebido nos olhos os ciscos fodidos de arenito _a vida redemoinha _o pai não respondeu ao chamado _no silêncio respondeu à visita _*é sobre?* _perguntou depois de muito guardar forças _*eu sou professor, o meu nome é Paulo Araújo Maia e o nome do senhor?* _Tijolo _Reboco _o professor, na verdade, não ouviu direito a resposta, mesmo que tenha perguntado duas vezes _melhor que fosse direto ao assunto _*gostaria de uma conversa sobre alfabetização, o senhor não precisa pagar nenhum tostão, a gente só carece conversar uns dias, vai ver como será fácil a leitura, embora* *conhecimento do mundo o senhor já tenha _dou fé _posso mostrar aqui uns papéis, dizer como se dá, não vou tanto me demorar _ já nem quero_* o trabalhador tem roça para roçar, cortar, capinar, afundar o lado daquela cerca que está torta _daí o homem não quis avançar, dar corda _*sem mais* _e dobrou-se para a sombra _do nada apareceu por uma brecha o busto sólido da mulher _uma menina acanhada, esguia, que ainda não era mãe nem múmia _ exibiu o rosto quase como fosse uma folha de ouro _quando o sol bateu, ela não se escondeu, apareceu mais, disse em uma voz aguda, baixa mas esperançosa _*quero aprender _ei ei nunca _*o homem colocou-se em frente da mulher e quis expulsar, solavancar o professor dali imediatamente para não mais voltar _*rume-se _*a mulher retomou a fresta da entrada entre o pano voador e continuou, teimosa_*vai fazer bem que é que tem? _ei ei não tem _*o professor insistiu, ruminou, sem explicar, que era fácil _*o senhor sabe a palavra pá, a palavra palha, a palavra suor?* _o homem sabia o significado de cada coisa, troço, por isso não precisaria desse trabalho todo _e a mulher também já sabia de cozinha, pote, facão para sangrar uma galinha fraquinha, toda palavra que ela já tinha ela já tem _*até _vou voltar outro* *dia _nunca volte outro dia _*o professor escutou, mesmo que o homem não tenha dado um verbo, gastado um dicionário, ora, quem não entende a linguagem quando em volta, tudo cinza, de repente fica pleno de azul?_a mulher por detrás do tronco daquele futuro pai, ficando com o corpo mais alto do que o dele, reagiu na ponta do pá pé pi po p*u*

❙

●

*P*ara a cidadela não foi pensada uma escola _nem que fosse um pedaço de uma minúscula sala _sabe uma planta que você viu, difícil de crescer, daí conseguir nascer em cima do muro? _sabe uma ferida tão doída quando salva pelo hospital público? _pois uma escola bandida consegue escapar, sabe sobreviver _o professor olhou para ver se tinha um alojamento, uma tapera, qualquer teto seria o lugar _tentou falar com um, com outro _*ninguém tem tempo aqui para estudar, melhor desistir _deixa a gente crescer como puder _primeiro o suor, depois o professor _a vassoura, depois a professora _um dia chegará alguma escola milagrosa _para que desendurecer pedra bruta?* _não desistiria _de todo tipo, tinhosa, a escola foge de bala perdida, a lição para passar de ano é não morrer _sabe a escola fronteiriça que apanha da polícia, foge de ladrão, fica algum tempo dependendo de quem virá socorrer, oferecer uma cadeira, abrir a janela para ela não sufocar de calor? _sabe aquela escola feita de lata, que viaja de contêiner, pega navio, rio, canoa e segue à prova de chuva, enxurrada, lama na estrada? _*porra* *_eu vou fazer uma escola que não se entrega por vencida* _para chamar, trazer as pessoas, fizesse ele uma espécie de demarcação _que tal uma escolinha embaixo de uma árvore que todo mundo conhece pelo nome o fruto que dá? _fez uma rodinha _será nessa sombra vistosa o nosso ginásio _improvisou uns assentos no anfiteatro _cada um, cada uma trouxe um tamborete, depois cobriu-se com palha a espiga da universidade, cobriu-se de vida a cátedra, jardim sempre verde da infância _e começou a funcionar _para a colheita primeiro chegou uma criança, outra criança, uma mãe costureira, um comprador, um vendedor de couro, um tangedor de curral, um quebrador de coco, um foi dizendo para o outro que ali se ensina alguma esperança _escreva-se no chão a carvão _taipa fava favela lata barraco _sem evangelizar o que é certo ou errado, o professor falou que o plural correto é aquele que está somado entre todo mundo numa festa _a cada etapa de aprendizado conquistada havia uma cerimônia, café em fogo no terreiro, caroço de umbu, semente de broa, cocada de pão _escola, multiplicação de generosidade _você me fala, eu escuto _você me diz, eu retribuo _assino embaixo _desenho _o bicho que eu mato tem penas _aqui não tem nenhuma criatura chamada Ivo _Ivo não viu a uva _é nossa uma outra fruta que também dá para fazer bebida _a gente esquenta nas noites de frio _*como se escreve assobio, professor?* _é só assobiar _aquela revolução logo chamou a atenção _a pouca autoridade veio tomar satisfação _o fiscal de obras, que ainda não era o fiscal de obras, foi o primeiro que mandaram ir lá investigar _*é uma tática comunista, célula terrorista que já já se espalhará se a gente não baixar uma lei que eles não saibam ler* _baixaram a lei e todo mundo leu e não concordou _em assembleia no meio do mato derrubaram o mandato que veio de cima _a escola vai continuar _não vão colocar a gente para correr _*o que você vai estudar? _arqueologia _eu, pedagogia _estudarei alegria _e você? _doutora em medicin*a

●

■

A mulher chegou buchuda à escola _quando ela aprendesse, seu filho também aprenderia, assinaria o nome, ao ar livre saberia o alfabeto _*amor, boi, chuva é com c, d de Dagoberto* _o marido não gostou nada disso, foi lá ameaçar quebrar tudo _estudo para quê? _a mulher já estava na letra t de telha _era para já ter telha em casa _era para já ter um trabalho melhor _era para já ter _o homem arrastou pelos braços a mulher e seguiram os dois a estrada levantando os cascos do chão _*não e não* _a mãe valente gritava, grávida xingava, urrava _o homem em casa puxou o couro do cinturão na vermelhidão da tarde _*covarde* _só não bateu porque a mulher começou a gemer, a sangrar, o filho iria nascer de sete meses _*covarde* _o que seria desse menino se sobreviver?

●

O que você quer ser quando crescer?
_um dinossaur*o*

●

*U*m patrão pedia um serviço de última hora, abastecer o açude _e, se a gente estudar, não dá tempo de ir buscar água na outra redondeza _ninguém segura uma pobreza com conhecimento _antes da barriga com b, tem o a de alimento _havia jeito de enfraquecer o grupo, espalhar que todo mundo ia ser preso _ai de quem não respeitasse o sistema _haverá pena pesada _*tem gente já aluno, aluna de lá, que está fazendo reunião para discutir melhoria na educação, ajuda para condução à feira, tem quem já esteja duvidando de Deus* _a mulher, enfim, teve o filho nascido e o menino já tá até crescidinho, anda, desanda, entre e sai com os próprios pezinhos, corre à caça do pai _a mulher não aguenta mais a prisão _uma certa manhã pegou o filho pela mão e foi até a escola, bem na hora em que o marido tinha saído para um serviço, dos muitos que ela não quer que o filho faça _faca porteira buraco _meter os pés na bosta _ela chegou no instante da leitura, quando o professor pediu para uma aluna ler o que escreveu, uma poesia no papel, de próprio punho um testemunho _a mãe colocou

Dagoberto para riscar, rasgar, colorir com tinta, se sujar _a mãe queria retomar de onde parou _depois da letra t vem a letra u de urubu, depois vem a letra v de Vilma _*sabe, não sabe, professor?*
_*sou Vilma _sou _meu nome é Vilm*a

●

∎

Aqueles papéis soltos, rabiscados, de fato não estariam ali escondidos se a mulher não tivesse voltado à leitura das letras _ela pendurou os desenhos do filho no buraco de um bloco de barro _foi o menino que pediu para o pai pegar, naquela fala de criança quando quer brincar, apontou com o dedo _o pai não falou nada, fez de conta que ia pela estrada mas retornou _e saiu farejando as pegadas até o lugar _na escola não tinha tanta gente como da outra vez porque, talvez, tenha funcionado a pressão, perseguição que se instaurou _e vai ficar menor a sala _sua mulher seria retirada aos tapas _ela que não se metesse à sabedora de todas as coisas _uma cobra _o marido chegou quando a mulher mal sentou e o filho foi querendo papel de cor _arrotou tanto fogo, com o diabo solto saiu quebrando por todo canto o pouco que havia _a maloca, palhoça arrebentada _o professor foi protegido por um agricultor _o pai puxou o livro do filho, o menino já querendo saber o que iria acontecer com as figuras de antenas fantasmagóricas desenhadas, coloridas no gibi_*voltar é que não vai mais aqui* _e subiram _os dois sumiram com o filho no caminho da encosta da casa _a mulher não se conformava _*covarde* _*amanhã eu vou embora, levo meu filho, sumo por aí, nunca mais vai me ver* _pelas beiradas do mato, entre os espinhos cortados, os dois zangados rumaram para longe _em um arranque, a mãe afastou o filho, empurrou o marido com as unhas, repetiu que ele era um homem ignorante, bronco, que era um bicho nojento, pau-mandado do demônio _depois do empurrão, na volta do próprio corpo, a mãe não viu a vastidão que havia de terra em erosão, por trás dela pedras tão agudas, traiçoeiras areias, foi aí que aconteceu a queda _o marido tentou agarrar, pular junto no precipício, saltar, mas não deu para o socorro _no grito infinito a mulher soltou-se _partiu-se do filho _se perdeu _sem marido _para sempre o esquece*u*

●

O professor teve de deixar a escola depois
de tanta luta _deixar as pessoas _debaixo
da sombra da árvore os frutos _começou a
haver perseguição também em lugar ermo,
não importa o tamanho do deserto sertanejo,
bateu o receio, o pavor da tortura _incessante
e rancorosa fúria que tomava outra vez o país,
quem diria? _algozes fuzis contra estudantes,
abecedários indefesos, artistas, escritores,
artesãos _professores iguais a ele estavam
desaparecendo sem direito a velas, enterros
_táticas da tirania _prometeram mandar para
o professor a mão de um agricultor e um lápis,
para ver se agora, decepada, a mão escrevia
_a saída foi pegar o extremo calcanhar do
mundo e sumir _no estender-se até o fim
para algum lugar assim telescópico e vasto
_onde receberia apoio das alianças feitas pela
América Latina _ali acolá lá adiante _esperar
que a democracia voltasse _como um dia
já havia voltado e logo foi embora _passou
muitos anos tentando regressar àquela mesma
terra, insólita, onde o pai e o filho, esquecidos,
cresceriam juntos na saudade _que o menino

nem se lembra _do ódio que ficou no pai
_a dor _exilados os dois em um mundo
hostil, abaixo da linha do Equador, sob um
céu assustador, ani*l*

∎

■

O silêncio girando em torno de si, o capinzal do silêncio, os raios do silêncio, os bichos do silêncio, o sol do silêncio, um a menos, sorrateiro, o silêncio posto para deitar sem dormir, o silêncio que leva tempo para falar, o silêncio perturbador da armadilha, antes de ferida a presa hesita, o passarinho quando não sabe se bate a asa, o silêncio voador da caça, da pata do bicho pronto para atacar, o silêncio que espinha, o silêncio do predador no ar, o silêncio da chuva que não vem, o silêncio que se faz quando a mesma chuva vem e derruba o que se plantou, o silêncio das vítimas da enxurrada, o silêncio da água barrenta, o silêncio do inseto cavando uma nova morada, o silêncio da doença, o silêncio da despedida, o silêncio que age sem pensar, o silêncio que resolve não dialogar, o silêncio do ator, da atriz no palco, sobe a cortina, abre-se o cenário, o silêncio dos velórios dia a dia, a esperança é a última que se mata, o silêncio diante dos fatos, os negros, as negras, as travestis, os povos originários, o silêncio só não ouve quem não quer, o silêncio de quem

sente fome, é só olhar fundo de onde o
silêncio vem, qual nome ele tem, o silêncio
no canto dos olhos de Nina Simone

●

*C*anta _um canto _contra a terra brava
_que não para de dar frutos _uma colheita
estranha _e amarg*a*

Viu quem voltou? _trouxe livros, comprou uma antiga casa, fez uma reforma, deixou umas telhas ainda encostadas _vai dar trabalho de novo, ele com suas ideias revolucionárias, comunistas, ele, destruidor da tranquilidade, está de volta à nossa pequena cidade, de volta a esse lugar o professor _o pai ouviu o que o fiscal de obras contou e calou, mais do que calado já é, até houve época em que trocava umas sílabas raras, via a mulher jogar a saia em cima de uma pedra, vestida de sol, ou quando chegava um ou outro pingo de água, existiu muita água nessa região, ela encontrava a fonte, o pai, sim, já teve um horizonte, hoje vive de alma cabisbaixa _o fiscal de obras reforçou que ficará de olho _*hoje já existe uma pequena escola, ora, que a gente controla o que deve ser ensinado, o progresso tem chegado aos poucos, uma terra de ventos bons, estão fazendo estudos, no futuro seremos os maiores geradores de luz, eu pessoalmente tenho cuidado disso tudo, juro, ai de quem se meter no nosso caminho, não será nenhum professorzinho,* *não será, Zé, não comeremos na mão daquele condenado* _então o nome do pai era Zé, era José? _José de Arimateia Coriolano _*seu criad*o

●

●

A *luz é a gente que tem, nasce de cada um, de cada uma aqui* _uma estrela, um astro, uma faísca de carvão _o professor estava falando feito um pastor _não para uma multidão, era para pouquinha gente da redondeza _uma fogueira acesa, um fósforo na escuridão, um relâmpago *_tudo em nós é energia, é combustão* _será que iria fazer uma carreira política, de olho no crescimento da cidadezinha, na oposição? _o fiscal de obras, feito brasa, atiçava toda vez que o pai chegava com o filho para remendar um buraco, uma cratera, um raro poço artesanal *_um animal, é preciso fazer correr esse animal, está de conversa com muita gente, menina, menino _vive dizendo que a energia limpa é a energia de cada um, individual, pregando autoconhecimento, um assassino sem igual, colocando no juízo das pessoas que as turbinas eólicas são um atraso, não é ele mesmo a favor do sustentável, do avanço ambiental, diabo?* _ *Jesus é luz* _o professor apontou para o rapaz que conheceu desde pequeno *_fique de olho no seu terreno, Jesus, sei que você precisa do dinheiro mas eles pagam muito pouco, sem garantia de retorno, de conforto para* *quem vendeu* _o fiscal de obras cada vez mais irado *_eu vou lá bater na casa desse sujeito* _o professor o recebeu com um café coado *_aqui esquentado em fogão natural _vim lhe dar um recado* _o professor ouviu _pediu para o fiscal de obras não se preocupar, cargo político ele não pensa mas pensa politicamente sempre *_pelo bem do próximo, do mais humilde, entende? _nunca entendo _eu compreendo que não entenda, posso explicar* _no entanto o fiscal de obras não quis escutar, decidido estava sobre o que faria _voltaria a usar, nunca deixou de usar, as táticas da tirani*a*

●

M*eu nome* é com r, *meu nome é Ritinha* _e combinaram, ele e a menina, que a partir daquele dia em que o menino a procurou, machucado, ela ensinaria a Dagoberto as letras do alfabeto, leria os livros que ele, em vez de jogar no lixo, guardou em lugar secreto _iriam à mesma árvore, no esconderijo da antiga escola, para o menino aprender, saber que as palavras ele já dominava no seu dia a dia _diga Dagoberto _com d _diabo _com d_ dedo _com d _diálogo _o menino já estava mais falante, pensando em ir atrás de um futuro digno _em acordar o pai se ele não quisesse por acaso abrir o olho _tentou _jura que tentou sem brigar _dizer _chamar a atenção _*eu me chamo Dagoberto _ei ei _eu tenho um nome _eu sou um sujeito _agora mais essa _*o pai não viesse com as mãos para cima dele _seria a última vez entre eles _esse desaforo _com d ganhará outro destino _não era mais um menino _não era _*pai _não vê?*

A avó de Ritinha passou em Dagoberto uns unguentos, rezou com os ventos que restavam, rodopiados, para o menino curar-se _nas ciências, de seu próprio ensinamento, havia palavras que para ele eram novidade, quebravam quebrantos _a avó soltava fumaça, mastigava, envolvia as feridas em folhas curtidas, em saliva de flor _ o menino voltou revigorado à casa do professor àquela mesma tarde _o pai chegou ainda bruto mas parecia mole _descompassado _rendido _teria sido o jeito com que o filho foi cuidado pela avó da menina, alguma fumaça de limpeza no ar? _*Bárbara _o nome dela é Vó Bárbara* _o pai não tocou no assunto, voltasse tudo a rodar no mesmo prumo, mãos à obra, sem demora fosse logo ao conserto da parede ao chão _o filho ainda no sacudir das caixas, o serviço na biblioteca duraria mais uma semana _o pai iria a outros compromissos, e dessa vez não levaria o filho quebradiço _*infeliz _um bicho que fez isso com seu filho?* _o fiscal de obras perguntou _farejou qualquer cicatriz _veja _digamos que foi um livro que se abriu e de lá saíram um cavalo e outro cavalo e, quando o menino viu, uma manada inteira de burros bois búfalos _uma correria _qualquer livro que caia é capaz de matar uma pessoa, imagine uma montanha de livros desmoronando? _Dagoberto olhou tão afiado para os olhos do fiscal, sem palavras, ameaçando _*é só uma questão de tempo, fique avisado* _essa humilhação tem prazo para acabar _ponto, parágrafo _é preciso mesmo assoletrar?

■

*E*u não sou da paz

*N*ão escrevo sobre violência _escrevo sob violênci*a*

*E*u vi um arqueólogo mascando um chicle*te*

●

O fiscal de obras torturou o professor até o professor virar um vendedor de refrigerante, no quiosque atacado até a morte, você viu essa imagem no Rio _o fiscal de obras bateu no professor até o professor virar uma massa atropelada por um Porsche_muito antes, em dinastias distantes, eram infantarias a pé, legiões de cavalarias, tropas, caravanas de batalhões macedônicos _o fiscal de obras caiu matando, o professor ficou igual um corpo arremessado de um prédio, um menino deixado à própria sorte, entregue no vácuo de um elevador, crianças como oferendas em sacrifício santo para a divindade, vida longa ao imperador _o fiscal de obras chutou com os punhos, com certeza chicotearia o professor do mesmo jeito que chicotearia um entregador de comida, comeria, roeria a vítima, um exemplo colhido nas igrejas o seu ódio inquisido*r*

●

*D*epois de alguns anos, quando Rita Maria ganhou a eleição, Dagoberto, já fruto crescido, voltou comprometido em ficar, quase arqueólogo formado iria pesquisar a região, os vestígios do povoado _o filho, ao lado do marido, do companheiro, visitaria os rastros do canto em que viveram ele e o pai, José de Arimateia _enfermo, o velho não enxerga mais *_quem está cuidando dele desde que eu deixei tudo para trás?* _pai _e o pai virou-se, se moveu como pôde no meio de um catre, estirado dentro de um bagaço de cama, foi só o que restou _por bondade de alguém, de algum benfeitor _o pai não tinha mais território, por mais simples que fosse um sítio, foi tudo vendido para as empresas eólicas, aqui tem vento de sobra _quem sopra agora as suas feridas? _uma perna coberta de chagas vivas, a outra perna ele sem ela, por qual estrada agora caminharia? _uma velha apareceu acampada à pequena porta, mais morta do que o pai, como se fosse o transporte que ele teria para a próxima vida _será que aguentaria viver, onde quer que fosse o outro lado do mundo? *_de hoje*

*ele não passa _se digo isso em voz alta, ao certo,
é porque ele não me ouve mais, nunca me ouviu
_disse a velha, centenária sombra, soprando um
pavio difícil _adiantaria o filho contar sobre sua
vida ao pai, sobre tanta coisa que aconteceu?
_depois da partida de Dagoberto, tudo faz
séculos que já morreu*

●

Muito do chão desses cemitérios foi meu pai quem construiu _e Dagoberto quis sorrir, orgulhoso de algum esforço feito em conjunto _o que virou pó não ruiu _Dagoberto e o companheiro foram ao túmulo de bétilos onde ele, menino, viu a mulher desaparecer _tem ainda como restaurar e descobrir se, de fato, a mulher ali enterrada foi um dia uma menina, aos doze anos arrastada, laçada de sua família para cozinhar, varrer _ela acreditou que havia uma vida além dali, segura para se viver _*Vilma, a minha mãe se chamava Vilma* _e garantiu ao marido _*ela está viva, meu amor, ela está viv*a

●

*N*a casa do professor, sob vasta poeira, onde seria aberto para visitação um espaço de discussão e leitura, quando foram ao quadrado os funcionários da prefeitura, aos fundos da casa derrubar os tijolos carcomidos, veio à luz o corpo, mais tarde confirmado, serem os ossos do professor desaparecido _com isso, tombada a biblioteca, batizada está com seu nome, para sempre #PauloAraújoMaiaPresent*e*

●

*N*ão há mais vento _não se ouve mais na região _repleta de outras dezenas de torres eólicas _aquele zunido de vento calmo, fino frio _calafrio que deixa qualquer um arrepiado quando se enxerga, quase como se fosse uma visão de cinema, decrépita, lá no alto passar uma velha, bem velha, em câmera lenta a centenária sombra, anda e arrasta um caixão de madeira feito por ela, à mão, carregando lá dentro, no fundo o corpo do pai, sob o barulho das hélices gigantes, tremelicando, vai-não-vai _uma verdadeira assombraçã*o*

●

E o fiscal de obras, que destino levou
aquele lixo? _infelizmente ainda está vivo,
providenciando que destino dar a este livro

∎

Ouça, *Vó Bárbara, eu vou ser ainda a prefeita desse lugar, vou derrubar, não vou deixar mais nenhum fiscal de obras ganhar, ganhar, ganhar* _ouça sempre a sua avó, menina _vou te proteger, filha, eternamente com minhas ervas divinas _seja onde for, até hoje ela escuta batendo pelas portas, pelas janelas, pelas pedras, no abismo redemoinho das ruas, a voz da avó, seguida da voz do professor _*escute o antigo vento soprar* _violento _*tem gente morrendo _tem gente morrendo _tem gente morrendo _tem gente morrendo _é preciso parar essas máquinas _por isso você tem de lutar _leva tempo, minha filha _leva tempo respirar _eparrei, Iansã, Oiá, Senhora das Boas Ventanias, saravá*

*E*u escrevo pouco _as palavras que eu trago são três, no máximo _sertão minha mãe meu pai _meu vocabulário _de onde vejo o mundo, de onde me retraio, de onde avisto alguma esperança, de onde caio, de onde me levanto e sigo por um rio invisível _um amor, um livro, uma civilização fica menos impossível quando mexo com essas três palavras _e não é todo o tempo que tenho para vascular ferimentos, ouvir o que ficou para trás, os rastros orais, corais de minha voz _as minhas palavras finais _lá no passado do longínquo ano de 1991, quando vim morar em São Paulo, o meu pai Antônio, que falava também umas três palavras, se guardava no máximo esforço de ser pai, severo e calado, ele quis me dirigir uma frase inteira na despedida, alguma reza sentida, uma oração do tipo _*vá em paz* _ou _*obrigado* _ou _*boa sorte* _ou _*seja feliz, meu filho* _meu pai nada falou, ficou em silêncio _uma palavra que ele pronunciasse choraria _e eu vi que ele chorava, em alguma parte partia-se uma lágrima _meu pai, por fora um *ei*, por dentro um *ai* _escrevi este livro, que ambiciosamente

chamei de megalítico, porque eu quis que
fosse um testemunho, um testamento erguido
a partir daquele momento _por causa daquele
choro engolido eu criei, primeiramente à
mão, escrito em cadernos vários, este precário
monumento _feito para ser esquecido, eu quis
lembrar _escrever é recordar para não deixar
morrer _deste silêncio, construído de ouvido, é
que nasceu este livro _este livro é sobre o que
sobrou _o que sobra dessa história é isso _é sob
isso esta obra

Silêncio

*F*eche este livro agora _ao abrir o próximo
túmulo, tenha cuidado com a lufada de

a*r*

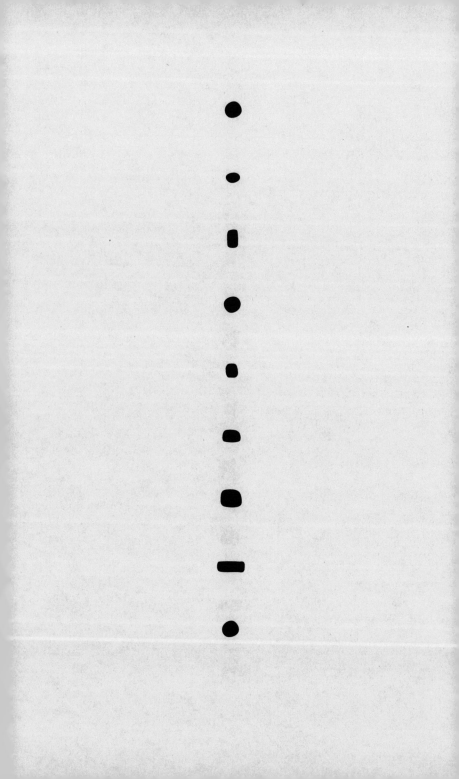

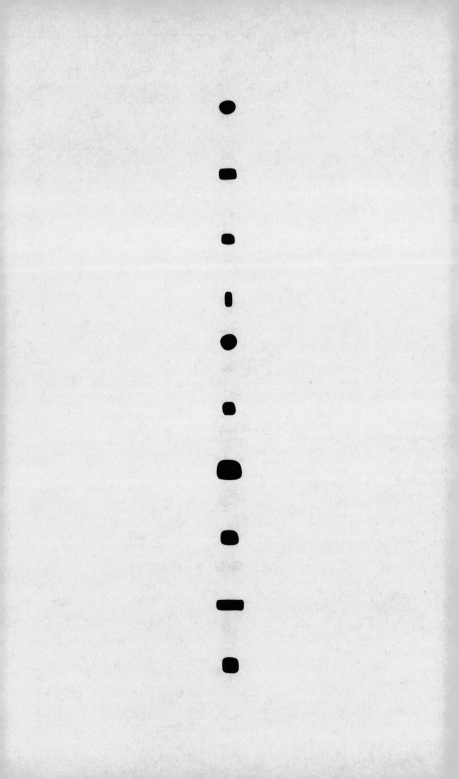

■

*Os gigantescos blocos de pedras, segundo
estudos do pesquisador francês Jacques
Bergier, eram o local de decolagem de naves
interplanetárias ou interestelares propulsionadas
pela energia nuclear _os monumentos
megalíticos serviam de escudos biológicos para
proteger a população da radiação emitida no
momento da decolagem _eis aqui revelado o
verdadeiro motivo desta nossa viagem*

■

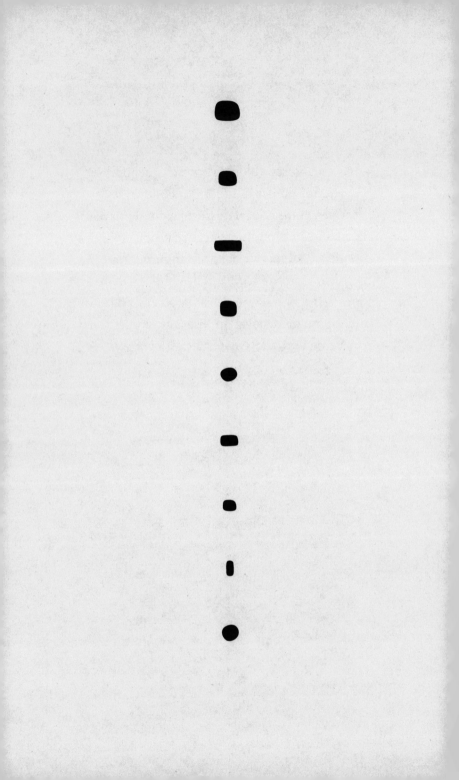

ESCALAVRA

Este livro também vai para

Herberto Helder Max Martins
Elza Maia Paulo Freire Nita Araújo

E *para*

João Nunes Junior e Rubi

e

Jobalo e Nêgo Bispo *(*in memoriam*)*

Agradecimento especial
à minha editora e amiga Livia Vianna
e à artista Cinthia Marcelle pela obra da capa

a Adrienne Myrtes Andréa del Fuego Bernardo Marinho
Caetano Romão Casa Aruana Daniel Minchoni
Élida Lima Emilio de Mello Euler Lopes Evandro Braga
Eveline Sin Fabiana Cozza Féres Féres Gero Camilo
Instituto Frestas Jarbas Galhardo Jeferson Tenório
João Alexandre Barbosa *(*in memoriam*)* José Falero
Lucía Tennina Luiz Henrique Nogueira
Maria Elena Moran Mário Changuito Guerra
Michelly Aragão Morgana Kretzmann Naruna Costa
Nelson Maca Nenê Rodrigues Olivia Araújo Patrícia Ioco
Paula Anacaona Paulo Scott Pedro Martin
Plinio Martins Filho Sandra Sampaio Taiane Martins
Thereza Almeida Vanda Siqueira Wellington Soares

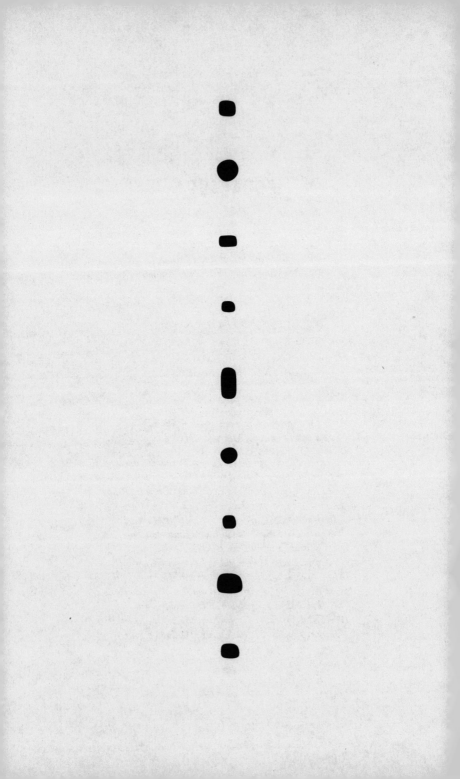

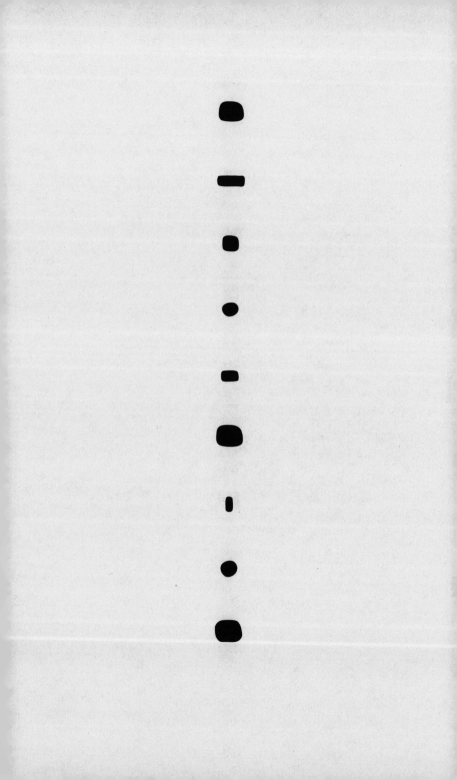

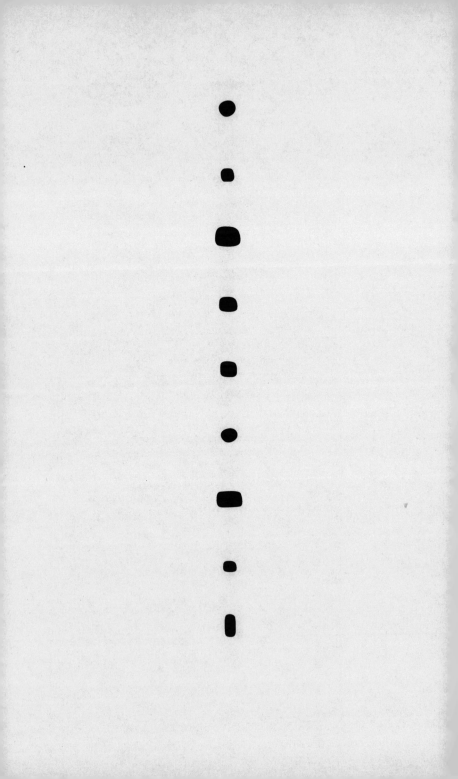

Vestígios

Cachimayo Caballito Buenos Aires
Biblioteca Nacional de Portugal
Biblioteca Palácio Gauveias
Livraria Poesia Incompleta Lisboa
Rua 13 São Francisco Xavier
Serra da Mantiqueira São Paulo
Rua Purpurina Vila Madalena
Aracaju, Carnaval de 2024, Sergipe

Escrito e reescrito entre 2015 e 2024

Um primeiro esboço deste livro deu origem em 2021 a um audiovisual homônimo dirigido por Emilio de Mello e com os atores Bernardo Marinho e Luiz Henrique Nogueira disponível no YouTube

Epígrafe inicial foi extraída da canção "A deusa dos orixás" de autoria de Romildo Bastos e Toninho Nascimento na voz de Clara Nunes

Ouça a canção "Strange Fruit" com Nina Simone

Citações: Ana Maria Gonçalves Davi Kopenawa Itamar Vieira Júnior Jeferson Tenório Maria Antonieta Miguel de Cervantes Nêgo Bispo Pedro Lemebel Susy Shock

a paz invadiu o meu coração
de repente me encheu de paz
como se o vento de um tufão
arrancasse meus pés do chão
onde eu já não me enterro mais

Gilberto Gil e João Donato

CHEGAMOS AO FIM

Copyright © Marcelino Freire, 2024

Todos os direitos reservados. É proibido reproduzir, armazenar ou transmitir partes deste livro, através de quaisquer meios, sem prévia autorização por escrito.

Capa e miolo: Thereza Almeida
Imagem de capa: Cinthia Marcelle, *O sábio*, 2009. Foto: Pedro Motta.
Participação: Luiz Pereira

CIP-BRASIL. CATALOGAÇÃO NA PUBLICAÇÃO
SINDICATO NACIONAL DOS EDITORES DE LIVROS, RJ

F934e

    Freire, Marcelino, 1967-
    Escalavra / Marcelino Freire. - 1. ed. - Rio de Janeiro : Amarcord, 2024. 21 cm.

    ISBN 978-65-85854-14-6

    1. Romance brasileiro. I. Título.

	CDD: 869.3
24-93458	CDU: 82-31(81)

Meri Gleice Rodrigues de Souza - Bibliotecária - CRB-7/6439

Este livro foi revisado segundo o Acordo Ortográfico da Língua Portuguesa de 1990.

Direitos desta edição adquiridos pela AMARCORD
Um selo da EDITORA RECORD LTDA.
Rua Argentina, 171 – 3º andar – São Cristóvão
Rio de Janeiro, RJ – 20921–380
Tel.: (21) 2585–2000.

Seja um leitor preferencial Record.
Cadastre-se em www.record.com.br e receba informações sobre nossos lançamentos e nossas promoções.

Atendimento e venda direta ao leitor: sac@record.com.br

ISBN 978-65-85854-14-6

Impresso no Brasil
2024

O texto foi composto em Adobe Caslon Pro, corpo 12/16.
A impressão se deu sobre papel off-white no Sistema Digital
Instant Duplex da Divisão Gráfica da Distribuidora Record.